EL VAIXELL
DE VAPOR

El Capità Calçotets i la bàrbara venjança del Vàter Turbo 2000

Dav Pilkey

Traducció de Josep Sampere

cruïlla

llegircruilla.cat

Primera edició (cartoné): febrer de 2015
Primera edició (rústica): març de 2017
Segona edició: maig de 2017

Gerència editorial: Gabriel Brandariz
Coordinació editorial: Núria Font i Ferré
Coordinació gràfica: Marta Mesa

Els drets d'aquesta obra s'han negociat per mitjà d'Ute Körner Literary Agent, SL, Barcelona - www.uklitag.com

Títol original: *Captain Underpants and the Tyrannical Retaliation of the Turbo Toilet 2000*
Publicat per Scholastic Inc., Nova York

ISBN: 978-84-661-4222-9
DL: B-1761-2017
Imprès a la UE / *Printed in EU*

A la meva editora,
l'Anamika Bhatnagar

Hola, penya. Ja tornem a ser aquí. I, com sempre, ens hem tornat a ficar en un BON embolic.
Aquesta historieta és un resum del que ha passat fins avui.

La veritat, tota la veritat i res
Més que la veritat sobre el
CAPITÀ CALÇOTETS
Una vegada hi havia dos nois ultraespaterrants, en Jordi i l'Oriol.
Som d'allò que no hi ha!
Ja en som dos!
Tenien un director molt dolent, el Sr. Grabulós.
bla-bla bla blaz
El Sr. Grabulós va voler fer-los xantatge.
Us he enxampat!
VÍDEO DELATOR
Però ells el van hipnotitzar.
Sí, home!!!

Li van fer creure que era el Capità Calçotets!
CAPITÀ CALÇOTETS
Al principi era divertit...
Però la cosa va sortir de mare!
Tra-la-laaa!
Ei, torna!
Es va ficar en tot tipus d'embolics.

Va beure's un suc extraterrestre megapotent...
Suc reforçant extraterrestre
...i va adquirir superpoders...
Que li van complicar la vida encara més.
Ara, quan el Sr. Grabulós sent que algú fa petar els dits...
...es converteix en el Capità Calçotets.
Txa-txa-txaaaan!

I sempre que li tiren aigua pel cap...
H2O
Torna a ser el Grabulós malvat de sempre.
Bla Bla Bla
Un dia els van atacar uns vàters parlants.
Nyam, nyam!
Tenim fam!
El líder era el Vàter Turbo 2000.
En Jordi i l'Oriol van fabricar un giny fabulós anomenat Robot Desembussador.

El Robot Desembussador va derrotar el Vàter Turbo 2000.
I se'l va endur a Urà.
Benvinguts a Urà
I ja fa mesos que hi són.
La Dona del Monyo Mutant va fabricar 2 robots més.
L'un va xutar una pilota a l'espai còsmic.
Podrien tenir cap relació, aquests dos fets
[redacted]
?

Els nostres herois aviat ho sabran!
Ja que, en aquest mateix moment...
Viatgen cap al passat per descobrir la veritat esgarrifosa!
Mare meva!
Ja hi tornem a ser!
© Còmics Altacabana

1

EN JORDI I L'ORIOL

Us PRESENTO en Jordi Brunet i l'Oriol Xuriguera. En Jordi és el noi de la corbata i els cabells rapadets. L'Oriol és el de la samarreta i el cap d'escarola. Recordeu-vos-en bé.

Ai, que una mica més i me'n descuido! Al seu costat també viatjaven tres ous amb taques carabasses i liles, que havia post el seu pterodàctil femella, la Galetes. Aquest ocell prehistòric, juntament amb una altra bestiola que tenien –un hàmster biònic anomenat Sulu–, acabava de salvar el planeta i, ALHORA, hi havia creat tota la vida coneguda per l'home.

Ho veus? No era tan enredat com semblava, oi?

La màquina del temps d'en Ramon, en forma de disfressa de calamar robòtic fosforescent, va sortir volant amb en Ramon a dins, enmig d'un castell de focs guapíssim i va retrocedir quaranta anys a tota velocitat.

Llavors, de cop i volta, tot es va aturar.

–Ei! –va fer l'Oriol–. Si encara som a l'escola!

–Justa la fusta –va dir en Ramon–. Però hi hem arribat quaranta anys i un dia abans.

–Ei, guaita –va fer en Jordi, assenyalant l'escola–. Si és l'Andròmina amb els seus robopantalons.

–Un altre cop no, si us plau –va gemegar l'Oriol.

–Tranquil –va replicar en Ramon, treient el cap fora de la disfressa, just quan sortia un llampec verd per la finestra de la biblioteca–. Això que veus va passar ahir mateix, no te'n recordes?

–Ah, sí –va fer l'Oriol–. Érem a la biblioteca i vam desaparèixer de sobte dins de la Comuna Lila!

–Exacte –va dir en Jordi–. I l'Andròmina és a punt d'empaitar-nos. S'hauria d'eclipsar en qualsevol moment.

Tot d'un plegat, dels pantalons robòtics va brollar un llampec blau encegador, i en el que trigues a dir «la història es complica», l'esclat de llum va desaparèixer confonent-se amb la boirina del migdia.

–D'acord –va dir en Ramon–. Ja hi som. A casona ja hem tornat, tararit, tararat! Agafeu els vostres ous estimats, ara, i toqueu el dos!

–Un moment –va replicar en Jordi–. Que no ens empaita la policia, encara?

–Això mateix –va respondre l'Oriol–. Que no continuen pensant que vam robar aquells diners del banc?

–Ja no –va contestar en Ramon tot cofoi, donant-se copets a l'esquena amb un dels seus tentacles mecànics–. Sortosament, al garatge tenia aquesta màquina del temps en forma de disfressa de calamar fosforescent. La vaig fer servir per viatjar al passat i piratejar l'ordinador del banc.

–Per quin motiu? –va preguntar l'Oriol.

–No té importància –va respondre en Ramon–. Tot just vaig retocar una miqueta les imatges de la càmera de seguretat. Si no us deixeu bigoti ni barba fins d'aquí a una temporada, no us passarà res.

–Renoi! –va fer l'Oriol–. En Ramon Tutusaus ens ha salvat! No m'ho crec!

–Jo tampoc no ho entenc, Ramon –va afegir en Jordi, desconfiat–. Ens has tingut tírria des de sempre. Com pot ser que de cop i volta siguis tan amable amb nosaltres?

–Ah! Tinc les meves raons –va respondre ell–. Tinc les meves raons.

Efectivament: en Ramon tenia les seves raons.

Un any sencer de raons. Però abans d'explicar-vos AQUESTA història us n'haig d'explicar una altra.

2

NO ET FA RÀBIA QUE UNA PILOTA VAGI A PETAR A URÀ?

En algun indret dels confins més foscos i remots del nostre sistema solar, una pilota de goma vermella solcava l'espai. Cap dels científics més eminents de la Terra no sabia explicar d'on venia ni per què es dirigia cap a Urà a tota velocitat. El cas és, però, que havia seguit aquesta trajectòria durant els darrers cinc llibres i mig, i ningú no podia aturar-la.

La pilota de goma s'acostava per moments a un munt de monstruositats de porcellana escampades per la superfície d'aquell planeta glacial situat al cul de l'univers. Al seu darrere, vigilant-les amb una mirada penetrant i amatent, hi havia un sentinella mecànic que responia al nom d'Increïble Robot Desembussador. La pilota volava cap a ells, cada cop més de pressa, fins que finalment...

L'impacte de la pilota vermella va fer saltar el cap de l'Increïble Robot Desembussador. Empès per la violència del xoc, el defensor decapitat es va inclinar una mica, i del forat del seu coll mutilat va començar a brollar un raig de suc iectofantiplutoniczanziptomístic transomgobulador fotoatòmic, que es va abocar a poc a poc a la boca esbatanada del Vàter Turbo 2000.

Va ser una desgràcia, ja que, com et dirà qualsevol enginyer robòtic, el suc iectofantiplutoniczanziptomístic transomgobulador fotoatòmic s'ha de posar tan lluny com es pugui de l'abast dels robots malvats.

S'ha de procurar, per tots els mitjans, que no els en caigui a la boca ni una goteta miserable, ja que en cas contrari aquest suc els farà cobrar vida i els donarà una fam insaciable de destrucció. Que és, malauradament, el que va passar aquella nit funesta a l'espantosa superfície farcida de gasos d'Urà.

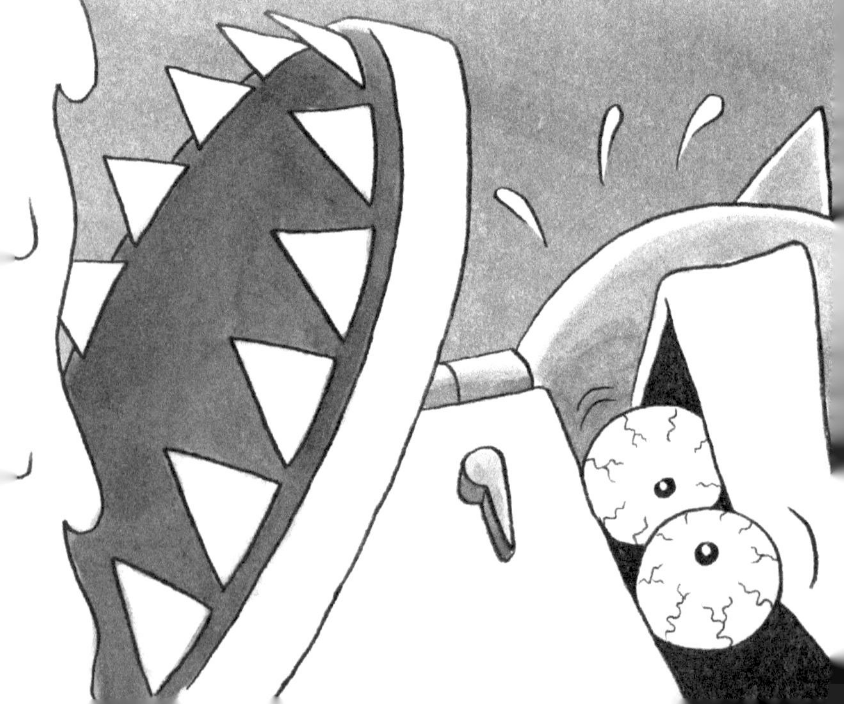

Els ullarros sortints i vermells del Vàter Turbo 2000 es van obrir de sobte i van començar a llançar mirades frenètiques al seu voltant. El descomunal braç esquerre del monstre es va aixecar fent cruixits i va fregar la vora adolorida i palpitant de la seva tapa de porcellana.

–On carai soc? –va dir, fent córrer els ulls per sobre la munió d'aliats estesos a terra. Amb moviments maldestres, es va aixecar entre grinyols, es va espolsar de dalt a baix i va contemplar la trista desferra decapitada que havia estat l'Increïble Robot Desembussador. Aleshores va fer memòria. La batalla. La derrota. La humiliació.

No li va costar gaire rememorar tots els esdeveniments que l'havien conduït, a ell i al seu exèrcit de vàters parlants, a aquell desenllaç glaçat i desesperant.

–Ha arribat l'hora de la venjança –va dir, serrant les dents de porcellana punxegudíssimes–. Haig de venjar els meus aliats caiguts en combat!

Sortosament, però, era un robot, la qual cosa volia dir que tenia algunes nocions de mecànica.

És per això que no va trigar gaire a desmuntar el Robot Desembussador i, aprofitant les peces del seu enemic mortal, va construir una moto voladora propulsada per coets.

L'únic que havia de fer era recórrer la distància astronòmica que separava Urà de la Terra. Va ser un viatge que va durar tres pàgines senceres. Tan bon punt hi arribés, declararia la guerra als amables i pacífics terrícoles. Una guerra que posaria en perill els fonaments mateixos del nostre planeta. Però abans d'explicar-te aquesta història, te n'haig d'explicar una ALTRA...

3

EL MOMENT DE JOIA D'EN RAMON

RECORDES que al primer capítol vam descobrir que en Ramon tenia tot un any de raons per voler fer tornar al present en Jordi, l'Oriol i el Capità Calçotets? Per si de cas t'interessa saber què va passar durant aquest any, vet aquí el que va passar durant aquest any:

Així que els nostres herois van desaparèixer per emprendre el seu viatge a la prehistòria, la poli va començar a buscar en Jordi, l'Oriol i el senyor Grabulós. Arreu del país es veien cartells anunciant que eren fugitius de la justícia.

Com que tothom s'imaginava que havien atracat un banc i s'amagaven en algun lloc d'Andorra o Portugal, al cap de no gaire la policia es va donar per vençuda i va deixar d'empaitar-los.

Allò va ser una mala notícia per a la majoria dels habitants de Vilapolls, però no pas per a en Ramon Tutusaus. Quan ho va saber es va posar més content que mai. Si en Jordi i l'Oriol no hi eren, s'havien acabat les brometes, els còmics i, per damunt de tot, les interrupcions. En Ramon per fi podria continuar fent els seus experiments científics i els seus invents estrafolaris, i podria aconseguir que la seva ment superior descansés tranquil·la.

Però la seva joia va durar dues setmanes escasses, ja que, com he dit abans...

...del cel va baixar JA SAPS QUI.

4

AQUELL LA CADENA DEL QUAL NO ES POT ESTIRAR

El Vàter Turbo 2000 va penetrar a l'atmosfera terrestre enmig d'una flamarada encegadora. La seva moto amb coets va sobrevolar sorollosament el municipi de Vilapolls, mentre el rapinyaire de porcellana proferia, burleta, un crit eixordador: «JA SOC AQUÍÍÍÍÍÍÍÍÍÍÍ!»

En acabat va començar la devastació. Els edificis s'ensorraven. Els autobusos sortien volant i travessaven les finestres dels gratacels. Es declaraven incendis impossibles de dominar. El caos i la destrucció van arrasar la ciutat i van obligar els seus habitants a fugir a la desesperada..., i van treure de polleguera un cert noiet.

A l'inici de l'atac, en Ramon Tutusaus era al laboratori de la seva habitació provant de treballar. Tot just li calien un parell d'hores més de silenci continu per poder enllestir l'experiment, però aquell xivarri esgarrifós li crispava els nervis. Va córrer cap a la finestra, hi va treure el cap i va dir a crits:

–EI, TU! Que no em deixes TREBALLAR, gamarús! VOLS CALLAR!!!

Com ja et deus imaginar, el Vàter Turbo 2000 no es va prendre gaire bé que el renyessin d'aquella manera. Així doncs, va girar en rodó la seva tassa descomunal i va clavar una mirada assassina a en Ramon amb els ullarros despietats.

–Mare meva! –va fer en Tutusaus, empassant-se la saliva.

Tot d'un plegat, el Vàter Turbo 2000 es va abraonar contra ell. L'espieta esquifit va fer un xiscle, mentre el brètol maligne l'empaitava pel carrer i per tota la ciutat, fins als passadissos tenebrosos de l'Escola Primària Jeroni Boqueres.

En Ramon va pujar a corre-cuita al primer pis i es va amagar sota la taula del senyor Grabulós. Mentrestant, el Vàter Turbo 2000 escorcollava les aules per mirar de trobar-lo. Per una vegada, en Ramon necessitava DE DEBÒ l'ajuda del Capità Calçotets, però no hi havia forma de localitzar el Guerrer de la Cintura Elàstica.

–Casundena! –va exclamar en Ramon–. Tant de bo que... UI! –De sobte va notar que se li clavava alguna cosa al genoll. Va allargar la mà a poc a poc i de la pell es va arrencar un objecte petit i punxegut.

Era una ungla.

Però no pas una ungla qualsevol, no. Era una de les ungles grogues, gruixudes i greixoses del senyor Grabulós, se l'havia tallat la vigília del dia que havia sortit volant cap al passat.

–Ecsssss! Mira que és porc! –va exclamar en Ramon, llençant l'ungla. Llavors se li va acudir una idea. Feia temps que sabia que el senyor Grabulós era també el Capità Calçotets. Allò volia dir que a l'estructura genètica del seu ADN devia haver-hi algun element superpoderós. Si aconseguís trobar la manera d'extreure aquell element especial, teòricament hauria de poder transferir a la seva persona els superpoders del Capità Calçotets!

–On ha anat a parar, l'ungla? –va cridar.

5

EL RETORN DEL GRAN RAMON

El Vàter Turbo 2000 anava d'una aula a l'altra amb gran estrèpit, i amb cada pas ressonador s'acostava més i més al despatx del senyor Grabulós. En Ramon va inspeccionar frenèticament la catifa carabassa ronyosa per trobar-hi l'ungla pudent del director, tot furgant la pelussera embullada, mentre sentia cada cop més fort el terrabastall de la massacre.

–ON PARA L'UNGLA? –va bramar.

Finalment, la porta de la secretaria es va obrir d'una revolada.

–AH! –va cridar el Vàter Turbo 2000–. JA ET TINC, MOCÓS REPEL·LENT! –Va abaixar el braç, va engrapar en Ramon pel peu i el va fer anar cap a la seva dentadura trituradora.

–NOOOOOO! –va xisclar ell–. NO PUC DESAPARÈIXER! SOC MASSA SUPERDOTAT! TINC MASSA TALENT! SOC MASSA... AI! UI!

Una vegada més, l'ungla pudent del senyor Grabulós se li havia clavat a la pell fofa i pigada. Aquesta vegada, però, se'n va alegrar força. Ràpidament va tirar el braç enrere, es va descordar la sabata i en va treure el peu. En acabat va saltar per la finestra i va baixar lliscant pel pal de la bandera, mentre el Vàter Turbo li trepitjava els talons.

Sortosament, el rellotge «Científic Menut» d'en Ramon portava un extractor d'ADN. Així doncs, el set-ciències esquifit hi va introduir l'ungla repugnant i, mentre el Vàter Turbo l'empaitava pels carrers, el va programar perquè dugués a terme una extracció completa.

Mentre corria fent crits, el seu rellotge va polvoritzar i sonicar les cèl·lules de l'ungla, en va extreure els lípids de la membrana, les proteïnes i l'ARN i va purificar i aïllar una cadena senzilla de l'ADN del senyor Grabulós.

Quan va arribar al laboratori de la seva habitació, es va afanyar a introduir les dades al megaordinador, que en va identificar la substància metal·loorgànica «superpoderosa» i va començar a duplicar-la en una solució de gel salina. El gel es va anar filtrant i caient gota a gota en un pot de vidre.

–A veure si t'espaviles, aparell duplicador semiconservador d'ADN curt de gambals! –va exclamar en Ramon, al moment mateix que el Vàter Turbo 2000 irrompia al seu dormitori travessant la paret.

–JA ETS MEU! –va brogir el vàter odiós. I va aferrar en Ramon amb el puny gegantí, tot llepant-se els premolars punxeguts de porcellana amb la llengota aspra i bavosa.

Fent un darrer esforç desesperat, en Ramon va engrapar el pot de vidre i es va empassar d'una glopada el líquid verd fosforescent que hi havia a dins.

El Vàter Turbo 2000 es va ficar a la boca en Ramon, com si fos la croqueta d'un vermut, i va començar a mastegar-lo. Els seus ullals ferotges treballaven d'una manera febril, però en Ramon era dur i resistent i, encara que sembli estrany, farcit de tendrums. Per fi, el Vàter Turbo 2000 va provar d'empassar-se'l, però ben aviat es va adonar que era gairebé impossible.

Cansat de l'esforç, es va ficar a la tassa els dits de metall gegantins i en va treure un noiet cobert de mucositats, un noiet que, inexplicablement, no tenia ni una esgarrinxada. El Vàter Turbo se'l va quedar mirant, bocabadat.

–Que INFANTIL que ets –va dir en Ramon.

6

CAPÍTOL ESPORGAT PEL TEU BÉ

MALAURADAMENT, el combat èpic que va tenir lloc tot seguit va ser d'una violència TAN extrema i pertorbadora que no l'hem pogut incloure en un llibre infantil. Les imatges i descripcions haurien estat massa esgarrifoses. Hauries tingut malsons durant setmanes, em pots ben creure!

Així doncs, m'he pres la molèstia de convidar un il·lustrador, en Biel Graells (de quatre anyets), perquè dibuixi les escenes de sang i fetge sense gaires detalls. També he demanat a la seva padrina Gertrudis (de setanta-una primaveres) que descrigui aquestes escenes amb el seu vocabulari particular i amable.

Apa, Biel i padrina, endavant!

Gràcies, maco. En fi, a veure què passa aquí... Què? Mare meva! Quin..., quin espant!

Sembla que el noiet està... Ai, verge santa. Es pot saber què fa, ara? Mare meva! Això no és apte per a menors! Gens mi mica!

I ara surt un robot en forma de...., daixò, m'estimo més no dir-ho. Quines coses més lletges que fa, per l'amor de Déu. I ara... Oh! Verge santa! Però quina mena de llibre és aquest?

Ai, per l'amor de Déu! Quines animalades. En ma vida no m'havien ofès tant... AI! OOOOH! Ja en tinc prou! Ai! OH! OOOOOH!!! Mare meva!

Biel! Para de dibuixar! Para de dibuixar ara mateix!

No, Biel! No!

7

CAPÍTOL DE VIOLÈNCIA EXTREMA PRIMERA PART (EN CINE-A-MÀ ®)

CINE-
Ja n'he tingut PROU, d'aquesta bogeria! Us hauria de caure la cara de vergonya!
Tranquil·la padrina. Quatre pàgines més de cine-a-mà i s'ha acabat.

marca Pilkey®

A-MÀ

Vet aquí com funciona!

Pas 1

Col·loqueu la mà esquerra dins les línies de punts, on diu «AQUÍ MÀ ESQUERRA». Aguanteu el llibre ben obert.

PAS 2

Agafeu la pàgina de la dreta entre el polze i l'índex drets (tal com s'indica dins les línies de punts).

PAS 3

Ara feu anar ràpidament la pàgina de la dreta d'un costat a l'altre, de manera que sembli que la imatge tingui moviment.

(Per divertir-vos el doble, podeu afegir-hi efectes sonors de collita pròpia!)

CINEMA A MÀ 1

(pàgines 53 i 55)

Moveu només la pàgina 53.
Mentre ho feu, procureu
veure el dibuix de
la pàgina 53 i, alhora,
el de la pàgina 55. Si ho feu
de pressa, els dos dibuixos
semblaran una sola imatge en moviment.

No us oblideu d'afegir-hi
els vostres efectes sonors!

MARE MEVA!!!

AQUÍ
POLZE
DRET

AQUÍ
ÍNDEX
DRET

MARE MEVA!!!

CINE-A-MÀ 2

(pàgines 57 i 59)

Moveu només la pàgina 57.
Mentre ho feu, procureu veure
el dibuix de la pàgina 57 i,
alhora, el de la pàgina 59.
Si ho feu de pressa, els dos dibuixos
semblaran una sola imatge en moviment.

No us oblideu d'afegir-hi
els vostres efectes sonors!

VERGE SANTA!!!

AQUÍ
POLZE
DRET

AQUÍ
ÍNDEX
DRET

VERGE SANTA!!!

CINE-A-MÀ 3

(pàgines 61 i 63)

Moveu només la pàgina 61.
Mentre ho feu, procureu
veure el dibuix de la pàgina 61 i,
alhora, el de la pàgina 63.
Si ho feu de pressa,
els dos dibuixos semblaran
una sola imatge en moviment.

No us oblideu d'afegir-hi
els vostres efectes sonors!

PER L'AMOR DE DÉU!!!

AQUÍ
POLZE
DRET

AQUÍ
ÍNDEX
DRET

PER L'AMOR DE DÉU!!!

8

TOTHOM ESTIMA EN RAMON

QUAN es va acabar tot, el Vàter Turbo 2000 era mort i ben mort i en Ramon Tutusaus s'havia transformat en HEROI! L'alcalde va organitzar una gran desfilada en honor seu. L'Albert Pla li va dedicar una cançó. Fins i tot el rei en persona li va enviar una carta per felicitar-lo!

En Ramon Tutusaus era conegut arreu del món com l'espieta esquifit amb superpoders que havia salvat la humanitat.

–Per fi rebo el respecte que em mereixo! –va dir.

9

QUINA MURGA, ELS SUPERPODERS!

A EN RAMON li agradava molt ser un superheroi..., si més no al principi. Era molt divertit aturar trens descontrolats, rescatar criatures perdudes i salvar persones d'edificis incendiats. Si algú necessitava ajuda, només havia de mirar cap al cel i cridar: «EI! EI! Gran Ramon!». Aleshores el Gran Ramon deixava estar el que estava fent i se n'anava volant cap a l'escenari dels fets per solucionar el problema. Al principi s'ho passava d'allò més bé..., fins que les coses van començar a capgirar-se.

Total, resulta que al cap d'un cert temps la gent va començar a abusar de la seva confiança. No paraven de cridar «EI! EI! Gran Ramon!» tot el sant dia, fins que al final li van gastar el nom.

En Ramon ho deixava tot de banda, es posava la capa a corre-cuita, sortia volant per la finestra, travessava la ciutat com un llamp, arribava a l'escenari dels fets... i s'adonava que no era cap situació desesperada. Normalment es tractava d'algú que havia perdut el mòbil..., o d'un noiet que necessitava una clau per fer trampes en un videojoc..., o d'un paio que havia tirat la cartera al vàter sense voler.

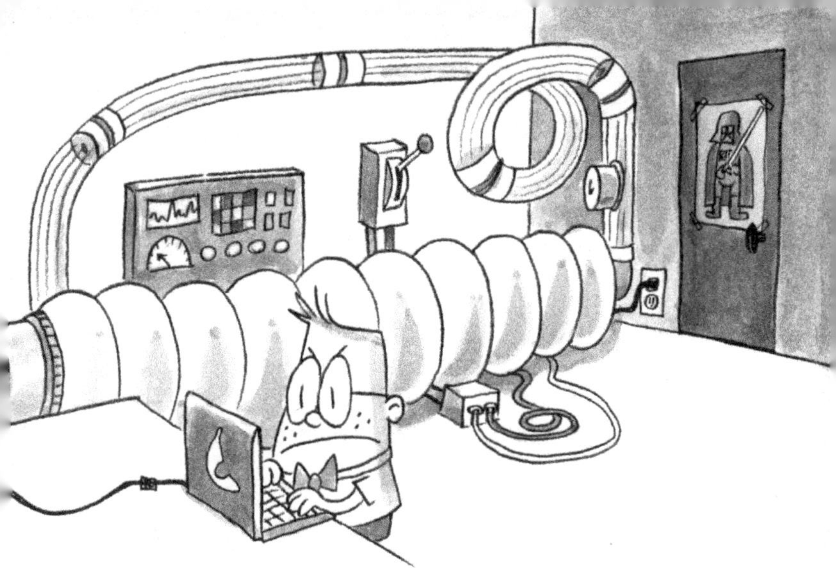

Li feien perdre el temps de mala manera i, amb tantes distraccions, començava a tornar-se boig.

Però un dia al vespre va passar una cosa que va ser la gota que va fer vessar el vas. En Ramon feia un experiment per estudiar la radiació de sincrotró amb el seu accelerador de partícules casolà. Onze mesos d'investigacions estaven a punt de donar fruit. Els clistrons i els electroimants van començar a accelerar els hadrons, cada vegada més de pressa, a través del seu separador ciclònic també casolà. Ben aviat seria la primera persona del món que demostraria definitivament l'existència del bosó de Higgs i resoldria tots els misteris de l'univers.

En aquell moment, però, gràcies als seus timpans supersònics, en Ramon va sentir un crit d'auxili procedent de l'altra banda de la ciutat.

En un tres i no res va interrompre l'experiment, la qual cosa va provocar el sobreescalfament de l'accelerador de partícules. A conseqüència d'això, es va produir una explosió tremenda que va fer un esvoranc de més de dotze metres de fondària al terra del seu dormitori. Ell, però, no va donar-hi importància: en algun lloc de la ciutat, un ciutadà necessitava la seva ajuda. Així doncs, va arreplegar la capa socarrimada del munt de cendra que havia estat l'armari de l'habitació i va dirigir-se volant cap al lloc de l'emergència.

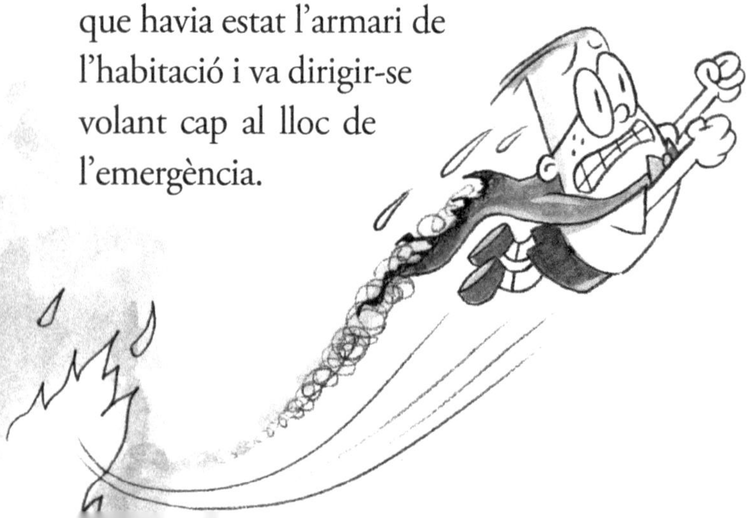

Un cop hi va ser, va trobar una dona d'uns quaranta anys que cridava frenèticament per la finestra del seu pis:

–EI! EI! Gran Ramon! AUXILI!!! AUXILI!!! ÉS UNA URGÈNCIA!!!

–Què passa? –va fer ell, tot esverat.

–Que em veig grassa, amb aquests pantalons? –va preguntar la senyora.

10

EN RAMON TREU FOC PELS QUEIXALS

En Ramon estava empipat, molt i molt empipat. Des que s'havia convertit en superheroi, no havia tingut temps de fer experiments. No havia tingut temps de descansar, ni de dormir, ni gens d'intimitat. En aquell moment va prendre una decisió. Va resoldre que, per conservar el seny, renunciaria a la feina de superheroi per sempre més. Ara bé,

PLEGAR era molt més difícil del que semblava, ja que havia de trobar un superheroi que el substituís. Així doncs, va arribar a la conclusió que hauria de localitzar el Capità Calçotets, fer-lo venir a Vilapolls i deixar que s'encarregués ELL de les pesadíssimes obligacions que comportava la condició de superheroi.

Va resultar que localitzar el Capità Calçotets no era tan pelut com s'imaginava. En Ramon ja sabia que normalment l'acompanyaven en Jordi i l'Oriol, i que el Sulu, l'hàmster biònic, els acompanyava a ells.

–Per tant –va deduir en Ramon–, si trobés on para el Sulu, HAURIA de localitzar el Capità Calçotets!

Com que havia instal·lat un GPS a l'endosquelet robòtic del Sulu, en Ramon només havia de fer un escaneig amb el seu ordinador per detectar la situació d'aquest GPS.

El primer escaneig va ser un fracàs. Així doncs, en Ramon va ampliar la recerca per incloure-hi totes les ubicacions i TOTES LES ÈPOQUES possibles. Aleshores sí que va tenir èxit, ja que va trobar la darrera ubicació del Sulu enregistrada per satèl·lit: al pati de l'escola, al futur, trenta-nou anys més endavant.

–No m'ha costat gaire, de trobar-lo –va dir, despectiu–. Però fer-los venir al present serà una miqueta més complicat!

11

MALS PRESAGIS

En Ramon va entrar al garatge i es va ficar dins de la màquina del temps en forma de disfressa de calamar robòtic fosforescent. L'aparell es va posar en marxa de seguida i es va dirigir fent contorsions cap al pati de l'escola. Era el principi d'un viatge molt llarg per fer tornar en Jordi, l'Oriol i el Capità Calçotets al lloc on pertanyien.

Després d'arribar-se al banc per fer uns quants retocs a les càmeres de seguretat, en Ramon es va projectar cap al futur, va agafar-los a tots i se'ls va endur un any enrere, al mateix moment i lloc on havien emprès el seu viatge al nostre darrer llibre.

En Jordi, l'Oriol i el Capità Calçotets havien passat un munt d'aventures, els dies anteriors, però en aquell moment era com si

no haguessin marxat mai. Tot continuava igual que abans.

El Vàter Turbo 2000 no arribaria a la Terra fins al cap de dues setmanes, de manera que el futur d'en Ramon com a superheroi no es faria mai realitat. I ningú no se n'alegrava més que ell.

–Ja no haig de ser un superheroi! –va exclamar, tot content–. Per fi puc anar a la meva. Pau i tranquil·litat, per fi!

–Però encara no ens has dit per què ens has fet tornar –va fer l'Oriol.

–Sí, per què ho has fet? –va preguntar en Jordi.

–Ja ho veureu –va respondre en Ramon amb una ganyota de superioritat–. D'aquí a dues setmanes ho sabreu.

En Ramon va deixar anar una riallada desagradable. El calamar robòtic fosforescent va començar a fer xiulets i batzegades i en Ramon i la seva màquina del temps van desaparèixer dins d'un espetec lluminós.

12

CAP A CASA

En Jordi i l'Oriol no van tenir altre remei que acompanyar a casa el senyor Grabulós. El van deixar a la porta, van agafar la clau de darrere dels arbustos i el van fer passar.

–Ves a la cuina i remulla't la cara –li va dir en Jordi.

–A les teves ordres! –va respondre el Capità Calçotets.

Llavors va fer el que li manaven, i en un tres i no res va tornar a ser el rondinaire de sempre.

–M'agradaria saber què passarà d'aquí a dues setmanes –va dir l'Oriol, mentre ell i en Jordi se'n tornaven cap a casa.

–Bah, segur que no serà res de l'altre món –va replicar en Jordi–. Si en Ramon sap trampejar la situació, NOSALTRES també en serem capaços!

Al cap d'una estona, en Jordi i l'Oriol havien tornat a pujar a la cabana de l'arbre. Amb molt de compte, van col·locar els ous de la Galetes en coixins, a sota de tres llums de taula.

–Ja està –va dir en Jordi–. Així estaran ben calentons i protegits!

En Jordi i l'Oriol estaven esgotats. Feia trenta hores que no dormien, i en tot aquell temps gairebé no havien parat de córrer com uns desesperats.

–Haig de fer una becaina IMPORTANT –va dir l'Oriol, ajaient-se al puf–. Això de salvar el món et deixa rebentat!

–Encara em preocupa una mica allò de les «dues setmanes» –va admetre l'Oriol–. Pinta molt malament, la cosa!

–Tranquil –va replicar en Jordi–. Total, tampoc no podem fer-hi res.

–Provem de no ficar-nos en cap embolic, les dues setmanes vinents –va dir l'Oriol–. Si s'ha d'acabar el món, no vull passar-me tot el temps castigat.

–Va, home, va, no t'hi amoïnis tant –va dir en Jordi–. A més, en quins embolics vols que ens fiquem en dues setmanes?

13

AL CAP D'ONZE MINUTS...

–Jordi!

–Oriol!!!

–Baixeu ara mateix de l'arbre!!!

Els dos amics van obrir els ulls i, amb penes i treballs, morts de cansament, van treure el cap per la porta de la cabana. Els pares d'en Jordi i la mare de l'Oriol eren al jardí amb cara d'empipats.

–Han trucat de l'escola –va dir el pare de l'Oriol–. Ens han dit que avui no havíeu anat a classe!

–Ostres! –va fer en Jordi.

–Estem ben llestos –va afegir l'Oriol.

–Us faria res explicar-nos què heu fet tot el dia? –va preguntar la mare de l'Oriol, enrabiada.

Els dos amics no podien amagar-los més la veritat, de manera que van decidir confessar-ho tot.

–No hem pogut anar a l'escola, avui –va dir en Jordi–. Hem hagut de salvar la Terra d'un sonat pervers que anava amunt i avall a dins d'uns pantalons robòtics.

–Exacte –va afegir l'Oriol–. Ahir vam passar el dia viatjant a través del temps, fugint de dinosaures i ensenyant els cavernícoles a defensar-se!

–Que divertit! –va cridar el pare d'en Jordi–. Us penseu que podeu faltar a escola i passar-vos el dia fent el ruc, oi, nanos? Doncs us tenim reservada una SORPRESA DE LES GROSSES!

En Jordi i l'Oriol no havien vist mai els seus pares tan enfadats.

Els dos nois van passar les cinc hores següents tallant la gespa, arrencant males herbes, passant l'aspiradora, rentant cotxes, traient la pols dels mobles, netejant garatges, emblanquinant tanques, rentant plats, plegant roba i llençant escombraries. Va ser una feinada esgotadora, però no res comparat amb el que els esperava.

14

EL QUE ELS ESPERAVA

En Jordi i l'Oriol no havien estat en sa vida tan cansats. A dos quarts de deu del vespre es van dir «bona nit» remugant i se'n van anar cap a casa ranquejant com zombis.

Vols alguna cosa per sopar, maco? –va dir la mare de l'Oriol.

–No, gràcies –va murmurar ell. Estava tan rebentat que no tenia gens de gana. No tenia esma de banyar-se, ni de posar-se el pijama, ni de treure's les sabates. No tenia ni forces per apagar el llum de l'habitació. Tot just va caure desplomat sobre el llit i es va adormir a l'acte.

Al cap de vint-i-dos segons va sonar el telèfon. Era en Jordi.

La mare de l'Oriol l'hi va portar a l'habitació i l'hi va arrambar a l'orella. Estava tan cansat, l'Oriol, que no va poder dir ni «hola». Tot just va fer: «Mmmfff?»

–M'acabo de recordar d'una cosa –va dir en Jordi, esfereït–. Demà és DIA D'EXAMEN!!!

L'Oriol va esbatanar els ulls irritats i es va incorporar al llit.

–MARE MEVA! –va exclamar–. Me n'havia oblidat!

–Jo també –va dir en Jordi–. Demà tenim exàmens importants de totes les assignatures. Ens haurem de passar la nit llevats per estudiar!!!

15

SI FAS CAMPANA, QUE NO SONI

QUAN l'endemà va sortir el sol, en Jordi i l'Oriol encara repassaven les llistes dels ossos del cos humà. En Jordi gairebé havia acabat d'estudiar. L'Oriol encara havia de llegir quaranta-quatre pàgines del llibre de naturals.

–Ja està, l'esmorzar! –va cridar la mare d'en Jordi, de baix estant.

En Jordi va entrar a la cuina arrossegant els peus i va provar de ficar-se a la boca un tros de gofra. Va fallar.

Mentrestant, l'Oriol també estava assegut a la taula de la cuina completament grogui. S'untava amb mantega els cereals i es posava llet a la torrada.

–Has dormit GENS, aquesta nit? –li va preguntar la seva mare.

–Entesos –va respondre ell.

La resposta no tenia solta ni volta, però era l'únic que se li havia acudit, en vista de les circumstàncies.

Al cap d'una estona, en Jordi i l'Oriol ja estaven a punt de marxa.

Es van trobar, com cada dia d'escola, al jardí d'en Jordi.

–Estàs preparat per als superexàmens que ens toquen avui? –va preguntar en Jordi, que gairebé no s'aguantava dret.

–Força bé –va respondre l'Oriol. Estava tan cansat que no podia respondre com Déu mana ni una pregunta del seu amic. Com s'ho manegaria per passar aquell dia farcit d'exàmens?

–Au, vinga, som-hi –va gemegar en Jordi.

–Espera't! –va dir l'Oriol–. Vull donar un cop d'ull als ous de la Galetes, abans de marxar.

Va anar fent tentines al jardí d'en Jordi i es va enfilar per l'escala de corda que duia a la cabana de l'arbre.

–Afanya't! –va fer en Jordi.

L'Oriol no va respondre.

–Ei! –va cridar en Jordi–. Que farem tard!

L'Oriol no baixava.

En Jordi va pujar a l'arbre i va guipar dins de la cabana.

Ja s'ho havia imaginat: l'Oriol s'havia adormit a la taula de dibuix.

–Ei, Oriol –va dir en Jordi, sacsejant-li l'espatlla–. Desperta't, nano! Que arribarem tard als exàmens!

–Cinc minuts i prou –va gemegar l'Oriol–. Deixa'm dormir cinc minuts, SI US PLAU!!!

–D'acord, d'acord –va fer en Jordi–. Però ni un minut més!

Es va treure la motxilla i la va deixar recolzada a la porta de la casa de l'arbre. En acabat, es va deixar caure al puf i va mirar l'hora al rellotge de butxaca.

Les 7.53 del matí.

La maneta dels segons es movia amb una lentitud esgarrifosa.

–Tancaré els ulls un segon i prou –va murmurar en Jordi–. Uns quants segons i prou...

Aquella tarda, en Jordi va fer un badall i es va estirar tot rodolant sobre el puf. Va tornar a consultar el rellotge de butxaca.

Les 4.41 de la tarda.

En Jordi va tancar els ulls per continuar dormint. I llavors els va tornar a obrir de bat a bat.

–AI! MARE MEVA! –va exclamar. L'Oriol es va despertar, espantat–. ENS HEM ADORMIT! –va cridar en Jordi–. HEM DORMIT TOTES LES HORES D'ESCOLA!!! HEM DORMIT DURANT TOTS ELS EXÀMENS!!! ENS HEM PASSAT EL DIA DORMINT!!!

–NO POT SER! –va gemegar l'Oriol–. Estem ben LLESTOS, nano! S'HA ACABAT EL BRÒQUIL!!!

Van guipar per la finestra de la cabana. La mare de l'Oriol era al jardí, xiulant una cançoneta alegre.

–Que estrany –va dir l'Oriol–. Com és que no li han trucat de l'escola per dir-li que hi havíem faltat?

–Ni idea –va admetre en Jordi.

Van baixar de la cabana de l'arbre i van anar cap al jardí.

–Com ha anat, avui, l'escola? –va preguntar la mare de l'Oriol.

–Com sempre, m'imagino –va respondre ell. I era veritat: s'ho HAVIA d'imaginar.

La mare d'en Jordi els va sentir i s'hi va acostar.

–No heu fet pas campana, oi? –els va preguntar.

–Ehem... No, no... –va respondre en Jordi.

Parlant amb propietat, no mentia.

De CAMPANA no n'havien fet cap.

16

EL DIA DE L'EXAMEN SUPERSECRET

L'ENDEMÀ, quan en Jordi i l'Oriol van arribar a l'escola, el senyor Grabulós es va alegrar EXAGERADAMENT de veure'ls. Els va rebre a l'entrada, els va fer una encaixada d'allò més efusiva i els va abraçar tan fort que gairebé els va ofegar.

–Això em fa mala espina –va dir en Jordi.

–T'equivoques –va dir el senyor Grabulós–. Avui és el dia MÉS FELIÇ DE LA

MEVA VIDA! El dia que esperava amb candeletes des que us vaig conèixer, parell de monstres. Anem al meu despatx, d'acord? Hi tinc refrescos!

Mentre caminaven pel passadís interminable que duia a secretaria, alguns professors donaven copets a l'esquena del senyor

Grabulós i el felicitaven. Semblaven eufòrics, tots plegats.

–Estem ben llestos –va dir l'Oriol.

Quan per fi van arribar al despatx, en Grabulós es va escarxofar a la cadira i va donar-hi unes quantes voltes, fent rialletes de joia.

Al cap d'una estona, en Jordi va començar a impacientar-se.

–Em creia que havia dit que hi tenia refrescos –va fer.

–SÍ, PERÒ NO SÓN PER A VOSALTRES!!! –va bramar, enfurit, el director de l'escola, clavant un cop de puny a la taula. Va obrir un calaix, en va treure una pepsi light natural i la va destapar. Ben repapat a la cadira, en va beure un glop fent molt de soroll, amb una mitja rialleta–. Deixeu-me remullar aquest

moment –va dir tot satisfet, mentre l'àcid fosfòric marró li regalimava per la papada.

–Aquesta vegada, nanos, l'heu BEN cagada! –va dir, rient–. Heu faltat a escola el dia de l'examen supersecret!

–El dia de l'examen SUPERSECRET? –va fer l'Oriol–. Què vol dir, AIXÒ?

–Em pensava que no m'ho preguntaríeu mai –va dir tot content el senyor Grabulós–. Sabeu què? Que ja fa anys que miro de trobar una manera de separar-vos, però fins ahir no se me n'havia acudit cap. Llavors vaig tenir una inspiració sobtada. EL DIA DE L'EXAMEN SUPERSECRET!

–Que ho fa que sigui tan SECRET? –va preguntar en Jordi.

–Més aviat hauries de preguntar que què ho fa que sigui tan SÚPER –va respondre el director alegrement–. Perquè podria arribar a ser l'èxit suprem de la meva trajectòria professional!

En Jordi i l'Oriol es van mirar, nerviosos. De sobte es va obrir la porta i va entrar al despatx la senyoreta Calculadora, la profe de mates. Va llançar una mirada despectiva als dos amics i els va fer llengotes.

–Li porto les xifres que m'ha demanat –va dir, allargant al director un sobre grossot de paper d'estrassa.

–Gràcies, Aina –va dir en Grabulós. I va ensumar el sobre com si gaudís de l'aroma d'un plat exquisit–. Quina llàstima que ahir faltéssiu a escola, nois –va afegir–. Als vostres professors els va DOLDRE moltíssim, però us van haver de posar ZEROS a tots els exàmens!!!

–Però si vam estudiar de valent –va protestar l'Oriol–. No podríem fer exàmens de recuperació?

–No, no, no, no i no –va respondre el

senyor Grabulós, amb un somriure pervers d'una orella a l'altra–. No hi haurà cap examen de recuperació!

–No t'hi amoïnis, Oriol –va dir en Jordi–. Ja ens podrem lluir als exàmens finals! Encara hi som a temps, per pujar nota.

–Aquest any hem suprimit els exàmens finals, aquest era el secret –va replicar en Grabulós tot feliç–. Quina notícia més fabulosa, eh? Vosaltres i els vostres companys us passareu set setmanes més sense fer deures, ni proves, ni estudiar. Les vostres notes d'aquest curs ja estan calculades.

–Que QUÈ? –va exclamar en Jordi–. Vol dir que SUSPENDREM EL CURS?

–Si vols que et sigui franc, encara és molt PITJOR –va replicar en Grabulós, ensenyant les dentotes grogues i lluents en un somriure que semblava ultrapassar els límits de la seva carota–. Normalment, aquesta notícia no la sabríeu fins a final de curs, però he pensat que tindria el detallet d'ensenyar-vos les notes abans d'hora. Que divertit, eh?!!?

Va obrir el sobre i va empènyer cap a ells dos butlletins de notes. Els nois els van obrir ràpidament i els van inspeccionar. La nota final d'en Jordi era un 5,7. Una nota pèssima, de ben segur, però com a mínim era un APROVAT. Per tant, l'any vinent passaria de curs. L'Oriol, que no treia tan bones notes com el seu amic, no va tenir tanta sort: la seva nota final era un 4,7. L'Oriol havia suspès.

–Ai, Déu MEU! –va gemegar l'Oriol, amb els ulls plens de llàgrimes–. Suspendré el curs!

–Sí, oi? Quina llàstima, eh? –va fer en Grabulós amb els ulls radiants de joia. Va canviar mirades amb la senyoreta Calculadora i tots dos van esclatar en grans riallades.

–Tampoc no podeu fer-hi res –va dir despectivament la profe de mates–. El curs que ve, mocosos, anireu a classes diferents. Ja no us veureu mai més el pèl, a l'escola! Tindreu uns altres mestres..., i UNS ALTRES amics!

17

LA IDEA

–No m'ho crec, que ens vulguin separar –va dir l'Oriol aquella tarda, mentre tornava cap a casa amb el seu amic.

En Jordi no va dir ni piu. Rumiava. Tenia molt CLAR que hi havia alguna forma de solucionar aquella situació.

–Tampoc no em crec que hagi de passar un ANY MÉS en aquella escola –va gemegar l'Oriol, aguantant-se les llàgrimes–. El pitjor de tot és que sí que vaig estudiar! M'HO SÉ TOT! Segurament hauria tret NOTABLES si ahir hagués fet els exàmens!

–JA ESTÀ! –va exclamar en Jordi tot convençut–. Ho podem arreglar, això!

–Es pot saber COM? –va dir l'Oriol–. Si no ens deixen fer exàmens de recuperació!

–Qui ho diu que hem de fer exàmens de recuperació? –va replicar en Jordi–. Farem els exàmens DE DEBÒ!

L'Oriol va fer cara de desconfiança.

–Què insinues? –va preguntar.

–En Ramon va dir que al garatge hi tenia el trasto aquell, el calamar màquina del temps, te'n recordes? –va fer en Jordi–. Anem a buscar-lo i viatgem cap enrere fins ahir. Llavors podrem fer els exàmens tal com ens tocava. I tot solucionat!

–De cap MANERA! –va protestar l'Oriol–. Cada vegada que viatgem a través del temps, passa algun desastre!

–Què podria ser pitjor que anar a classes diferents el curs que ve? –va replicar en Jordi–. De debò vols passar un ANY més en aquella escola?

L'Oriol no va poder pas contradir-lo.

–A més a més –va afegir en Jordi–, serà un viatge d'un sol dia. Com vols que passi cap desastre, en un sol dia?

–Suposo que tens raó –va admetre l'Oriol.

Així doncs, els dos amics van girar cua i es van dirigir cap a casa d'en Ramon. Sortosament, van trobar oberta la porta del garatge. S'hi van esmunyir amb molt de compte i van mirar al voltant. I allà, en un racó, al costat d'una capsa de claus de carraca de set polzades, hi havia la màquina del temps en forma de disfressa de calamar robòtic fosforescent.

–No ho hauríem de fer, això –va xiuxiuejar l'Oriol–. Hi hem entrat sense permís..., per robar!

–Ei, que tot aquest merder el va començar en Ramon –li va recordar en Jordi–. Nosaltres ho volem solucionar, i prou! A més, no robarem res, tot just agafarem la màquina EN PRÉSTEC.

A contracor, l'Oriol va ajudar en Jordi a ficar-se dintre d'aquella cosa i el calamar robòtic es va engegar i va començar a brillar. Al cap d'un moment, en Jordi ja dominava tots els comandaments.

–Au –va fer en Jordi– tornem enrere en el temps i fem els exàmens. –Va agafar l'Oriol amb un d'aquells tentacles lluents, va fer un parell de passes endavant i va prémer el botó d'engegar.

La màquina del temps en forma de disfressa de calamar robòtic fosforescent va començar a tremolar i fer espetecs, i va remuntar trenta-dues hores en un batre d'ulls. Va haver-hi un esclat de llum encegadora, i en Jordi i l'Oriol van arribar al matí del dia abans, ben d'horeta, just a temps per marxar cap a l'escola.

Mentre ajudava en Jordi a baixar de la cabina, l'Oriol va adonar-se que en aquell moment hi havia DUES màquines del temps en forma de disfressa de calamar robòtic fosforescent.

–Ei, tu –va fer l'Oriol–. Com pot ser que hi hagi dues màquines del temps, ara?

–Hummmm –va murmurar en Jordi–. Suposo que la del racó és la d'ahir. Quan vam viatjar al passat, en vam crear una còpia.

–Ostres –va fer l'Oriol–. En Ramon ens ho hauria d'agrair!

–I tant –va dir en Jordi–. Va ser tot un detall de part nostra.

En Jordi i l'Oriol van arrencar a córrer pels carrers de la ciutat, i en un tres i no res ja pujaven les escales de l'Escola Primària Jeroni Boqueres.

–Que estrany –va dir en Jordi–. Mai no havia tingut tantes ganes d'anar a l'escola!

–Ni de fer exàmens! –va afegir l'Oriol.

Efectivament: els dos amics s'ho van passar d'allò més bé, aquell dia, a l'escola. Van fer tots els exàmens, en van sortir força contents i ja no van haver de suportar cap més SÚPER ni cap més SECRET. Si més no fins aquella mateixa tarda.

18

HI VEIEM DOBLE O VEIEM DOBLES?

AQUELLA TARDA, en arribar a casa, en Jordi i l'Oriol van pujar de seguida a la cabana de l'arbre per donar un cop d'ull als ous de la Galetes.

En Jordi en va provar d'obrir la porta, però al darrere hi havia algun obstacle.

–Guaita! –va dir–. Hi ha una motxilla que barra el pas. –Va estirar la mà per fer-la venir cap a ell–. Sembla..., sembla la MEVA motxilla!

–Es pot saber què passa, aquí a dalt? –va preguntar l'Oriol, mentre el seu amic regirava la motxilla.

–Els meus papers! Els meus llibres! El meu dinar d'ahir! –va exclamar en Jordi–. Sí que és la meva motxilla, i tant!

–No pot ser –va replicar l'Oriol–. Si la portes penjada a l'esquena!

En Jordi va obrir la porta i va mirar endins.

–AAAHHH! –va exclamar.

L'Oriol es va enfilar al seu darrere per veure què passava. A dins de la cabana, adormit a la taula, hi havia l'Oriol en persona. I al seu costat, eixancarrat i roncant sobre el puf, en Jordi.

–Ja t'he DIT que passaria un desastre! –va exclamar l'Oriol.

–Xxxxt! –va fer en Jordi–. No ens despertis!

–No ho entenc –va dir en veu baixa l'Oriol–. Com pot ser que SIGUEM aquí?

–En fi, té lògica –va respondre en Jordi–. Ahir mateix vam viatjar al passat, oi?

–Exacte –va dir l'Oriol.

–I on ÉREM, ahir, doncs? –va preguntar en Jordi.

–A dalt de l'arbre, a la cabana, dormint i... Ostres, ja ho entenc –va admetre l'Oriol–. Som nosaltres, aquests, tal com estàvem ahir!

–Això mateix –va dir en Jordi–. Recordes que vam crear sense voler una altra disfressa de calamar?

–Mmm, mmm –va fer l'Oriol.

–Doncs suposo que, sense voler, hem creat un altre Jordi i un altre Oriol.

–Perfecte –va replicar l'Oriol, sarcàstic.

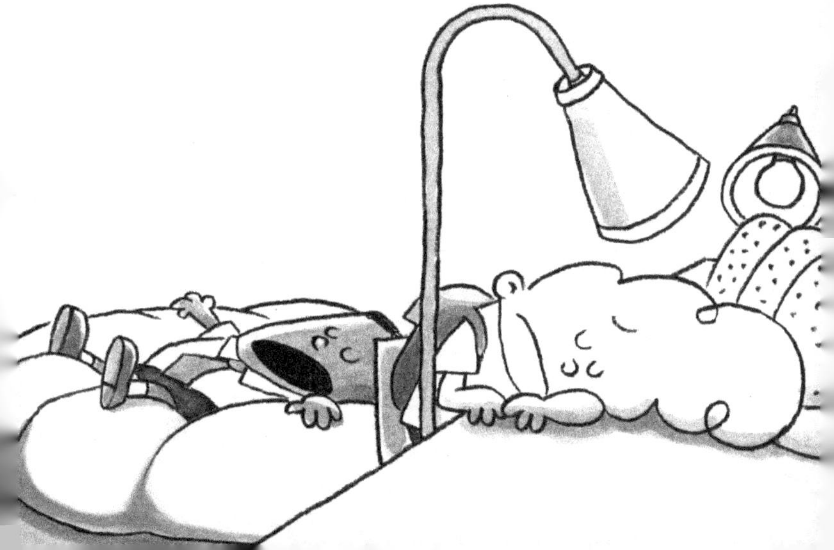

19

EL PACTE

MENTRE en Jordi i l'Oriol del Dia Abans dormien, els seus dobles van posar-se a rumiar què podrien fer tot seguit.

–Com ho explicarem, això, als nostres pares? –va preguntar l'Oriol.

–Com ens ho explicarem, això, a NOSALTRES? –va afegir en Jordi.

En Jordi del Dia Abans va fer un badall i es va estirar tot rodolant sobre el puf. Va

consultar el rellotge de butxaca i després va tancar els ulls per continuar dormint. I llavors els va tornar a obrir de bat a bat.

–AI! MARE MEVA! –va exclamar en Jordi del Dia Abans. L'Oriol es va despertar, espantat–. ENS HEM ADORMIT! –va cridar en Jordi del Dia Abans–. HEM DORMIT TOTES LES HORES D'ESCOLA!!! HEM DORMIT DURANT TOTS ELS EXÀMENS!!! HEM PASSAT EL DIA DORMINT... Ei... QUI SOU VOSALTRES DOS?

En Jordi del Dia Abans es va fregar els ulls i va mirar el seu bessó.

–Dec somiar –va dir–. O això, o és que hi veig doble!

–En fi –va dir en Jordi–. És molt llarg d'explicar. –Ell i l'Oriol van posar al corrent de tot els seus dobles del Dia Abans, i els van fer un resum dels esdeveniments dels tres capítols i mig anteriors.

–I què representa que hem de fer, ARA? –va dir en Jordi del Dia Abans.

–No podem pas explicar-ho als pares –va respondre l'Oriol.

–Però on dormirem, doncs? –va preguntar l'Oriol del Dia Abans.

–I on trobarem prou menjar? –va afegir en Jordi del Dia Abans.

–I d'on traurem roba neta? –va dir l'Oriol.

Tots començaven a deixar-se endur pel pànic, llevat d'en Jordi, que feia estona que

rumiava de valent. No semblava gens amoïnat, ell. Al contrari: un somriure murri se li estava dibuixant a la cara.

–Sabeu què? –va dir–. Potser no ens la plantegem bé, aquesta situació. Potser és BO, el que ha passat!

–BO? –va exclamar amb incredulitat l'Oriol del Dia Abans.

–Sí –va replicar en Jordi–. Sempre diem que mai no tenim prou temps lliure per fer el que ens vingui DE GUST. Fem torns, doncs. Jo i l'Oriol anirem a l'escola i farem deures els dies PARELLS, i vosaltres dos anireu a l'escola i fareu deures els dies SENARS.

–Ja, però què farem, NOSALTRES, mentre VOSALTRES sou a l'escola? –va preguntar en Jordi del Dia Abans.

–El que us doni la gana –va respondre en Jordi–. Quedar-vos a la cabana! Jugar a videojocs! Dibuixar historietes! Mirar pel·lis de monstres! Tant se val. Només cal que descanseu, nanos, i feu festa DIA SÍ DIA NO.

–Ja ho entenc –va dir en Jordi del Dia Abans, amb un somriure murri–. I aleshores podreu fer festa VOSALTRES, mentre NOSALTRES som a l'escola...

–Justa la fusta! –va respondre en Jordi–. Imagineu-vos les possibilitats!

–No ho sé pas –van dir alhora els seus dobles.

–No hi patiu –va dir en Jordi–. Serà BESTIAL! Ens ho passarem el DOBLE de bé, i només haurem de pencar la meitat!

–Exacte! –va dir en Jordi del Dia Abans–. No pot fallar de cap manera!

20

TREBALL PER TORNS

COM QUE ERA un dia parell, va quedar decidit que en Jordi i l'Oriol del Dia Abans anirien l'endemà a l'escola. Així doncs, els nois del Dia Abans es van acomiadar dels seus dobles i se'n van anar a les seves cases respectives per sopar, fer els deures i preparar-se per al proper dia d'escola.

Mentrestant, en Jordi i l'Oriol es van disposar a viure una nit de xerinola. L'Oriol va agafar un feix de còmics i en Jordi va posar una pel·li de monstres. Tot seguit es van

escarxofar als pufs per gaudir d'un descans ben guanyat.

Sortosament, tenien una bona provisió de sucs, magdalenes Comflipo i rotllets de fruita Bon Rotllet.

Pels volts de quarts de deu del vespre, en Jordi va trucar al Palau de la Pizza per demanar un parell de pizzes calzone, pa de formatge i dues ampolles de llimonada de dos litres.

Es van esperar a l'entrada de la casa d'en Jordi, perquè el repartidor no hagués de tocar el timbre.

Al cap d'una estona els dos amics ja gaudien dels carbohidrats més bons del mercat, en la plàcida comoditat de la seva cabana acollidora.

–Això sí que és vida –va dir en Jordi, engegant el DVD per mirar un clàssic del cinema de por: *El nadó esfèric. 2: Aixafinament total*.

L'Oriol, que acostumava a ser prudent en situacions com aquella, va haver de donar-li la raó: allò sí que era vida esfèric.

21

PROBLEMES

L'ENDEMÀ, en Jordi i l'Oriol es van llevar tard.

–Aaah! Que bé poder-se quedar al llit, veritat?

–I tant –va admetre l'Oriol–. Però haig de fer pipí.

En allò no hi havien pensat pas. Normalment baixaven de l'arbre i corrien cap al vàter. Ara bé, com que les seves mares treballaven a casa, no els faria gaire gràcia veure'ls entrar i sortir, sent un dia d'escola.

Sortosament, en aquests casos les ampolles buides de dos litres fan molt de servei. Ara bé, mentre buidaven per la finestra els seus orinals improvisats, els dos amics ja tenien clar que aquella situació no podia durar gaire.

–Se'ns acaba el menjar –va dir l'Oriol–, i ahir al vespre em vaig gastar tota la setmanada en les calzone.

–No passa res –va dir en Jordi–. Dibuixarem una historieta, la vendrem al pati de l'escola i ens gastarem els calés en tots els trastos que ens calguin! Fins i tot podríem comprar un vàter portàtil d'aquells!

–Però si avui no ens toca anar a l'escola –li va recordar l'Oriol.

–Vols dir que avui no ens toca anar a cap CLASSE! –va aclarir en Jordi–. Mentre no estiguem al mateix lloc que els nostres dobles, podem respirar ben tranquils.

Així doncs, en Jordi i l'Oriol van fer un espai a la taula i van posar-se a treballar en la seva historieta nova de trinca.

Es titulava:

22
EL SUPER BOLQUER 2
CÒMICS ALTACABANA PRESENTA AMB ORGULL
Acció
Triple cine-a-mà
artiste cumbidat: l'Home Gos
d'en Jordi Brunet i l'Oriol Xuriguera

Un matí, a casa de la família Centelles Canut...
Tots miraven la tele.
Llavors, de sobte...
Notícia especial d'última hora!
El gat Pepet s'ha escapat de la presó!
I ha jurat venjar-se del Superbolquer i del Gos del Bolquer.
Quin espant!!!
Ja ho sé!

Hem d'anar amb molt de compte!!!
En Pepet provarà d'enganyar-nos!
Hem de vigilar que no ens en faci alguna!
Al cap de dos segons...
Ning-nang!
Oh! Qui deu ser?
Sí?
Soc el Capdànec!

El pallasso més famós del món!
Convido en Pavet i el Gos del Bolquer a la meva desfilada.
BEN AVIAT...
Pugeu en aquestes carrosses que he fet!
OK
Superbolquer
Llavors va començar la desfilada
Capdànec

Roboaranya
Llapis
24 colors
Superbolquer

Però aleshores...
Us divertiu, penya?
Capdànec
Síííííí!
Que bé! Perquè tinc una altra sorpresa!!!
Es va treure el nas...
Es va treure el maquillatge...
FREC FREC
Fora perruca i barret...
I es va treure la roba.
Sabeu què?
El Capdànec era realment el gat Pepet disfressat!
Ha, ha!

Us he ben enredat!!
Ui! umm
Ai!
Au, vinga, xavals, doneu-me tota la pasta!
Llavors...
Ei, guaita! És en Pepet! Capturem-lo!!!
Fet.
PERÒ
Ei! No em puc moure!
Ni jo!
És que aquest ninot és robòtic!

Grrr!
Els nostres herois estaven atrapats a la grapa poderosa...
del nadó robot invencible!
En Pepet va agafar les carteres dels espectadors .
Al cabàs!!!
BOTÍ
El nadó robot ho arrasava tot.
Grrr!
Ospa! Qui ens salvarà?
cheef

L'Home Gos va tenir una idea.
Va córrer cap al nadó robot...
I s'hi va enfilar.
Mentre, l'Home Gos es gratava...
i gratava...

Fins que les puces van saltar...
cap al bolquer del nadó robot.
I...
Soc lliure!
Jo també!
TRIPLE CINE-A-MÀ
Gira la pàgina, però no l'estripis!!!
AQUÍ MÀ ESQUERRA

L'Home Gos es va gratar.
I totes les puces van saltar.
I anés on anés el nadó robot...
AQUÍ POLZE DRET

L'Home Gos es va gratar.
I totes les puces van saltar.
I anés on anés el nadó robot...

Les puces el seguien de prop!
Adeu!!
FI
PRESÓ
GATS
Però
llavors...
CLIC
CONTINUARÀ

23

SOMIEU-NOS BEN SOMIADETS

–OSTRES, aquesta historieta ens ha sortit força bé –va dir l'Oriol.

–Sí, encara podria ser més patatera! –va afegir en Jordi–. Anem a l'escola a fer-ne fotocòpies.

–I si ens veu algú? –va dir l'Oriol.

–No t'hi amoïnis –va respondre en Jordi–. Ho tinc tot estudiat!

De manera que els dos amics es van arribar a l'escola i es van esmunyir a secretaria. Al cap de no gaire havien fet un munt de còpies del seu còmic nou de trinca, i ja començaven a grapar-ne els fulls. Tot anava com una seda, fins que la senyoreta Brúfols, la secretària de l'escola, va tornar de dinar.

–Es pot saber què hi feu, al meu despatx, nanos?!!! –va dir a crits.

–NO hi som pas, al seu despatx –va replicar en Jordi amb un somriure entremaliat–. Ho està somiant, això!

–QUE HO SOMIO? –va fer la senyoreta Brúfols.

–Sí! I l'hi puc demostrar –va replicar en Jordi–. Només cal que truqui per l'intercomunicador a la senyora Sugranyes, la nostra professora. Ja veurà com li diu que en aquest moment som a classe.

–A CLASSE? –va exclamar la Brúfols.

–Sí, sí –va fer en Jordi–. Com que és evident que no podem ser a dos llocs alhora, això HA DE SER un somni, veritat?

La senyoreta Brúfols no se'n fiava. Va engrapar el micròfon de l'intercomunicador i es va posar en contacte amb la classe de la senyoreta Sugranyes.

–Senyoreta Sugranyes? –va dir–. On són en aquest moment en Jordi i l'Oriol?

–On vols que siguin! A la meva classe, són –va respondre l'altra.

–AH, SÍ? –va fer la Brúfols.

–És clar –va replicar la Sugranyes–. Hi han estat tot el dia.

La senyoreta Brúfols va quedar espaterrada. I llavors va tenir una idea força capciosa.

–D'acord –va dir–. Si ÉS VERITAT que

són a la teva classe, fes-los venir ara mateix al meu despatx!

–Entesos –va dir la senyoreta Sugranyes.

La secretària es va girar cap a en Jordi i l'Oriol, ensenyant les dents groguenques en un somriure ferotge.

–No sé pas quina mena de jugada em voleu fer, canalla –va dir–, però no m'enganyareu així com així!

De cop i volta, en Jordi i l'Oriol del Dia Abans van entrar al despatx. La senyoreta Brúfols se'ls va quedar mirant i va fer un crit. En acabat va mirar en Jordi i l'Oriol i

va fer un altre crit. Ara mirava els uns, ara mirava els seus dobles, movent el cap tan de pressa que li feia un xiulet.

–Ho veu? –va dir en Jordi–. Ja li he DIT que era un somni.

–Tens..., tens RAÓ! –va exclamar la senyoreta Brúfols–. Sembla tan real, tot plegat! Però DEC estar somiant, segur!

–És clar que somia –va replicar en Jordi–. I per què vol malgastar un somni tan bonic quedant-se tancada en aquest despatx?

–Quin raonament més bo! –va admetre la senyoreta Brúfols–. I qui m'obliga a anar vestida amb aquesta roba tan estreta i incòmoda? Ben mirat, és el MEU SOMNI! Hi puc fer el que em doni la gana!

–Ei, un moment, un moment... –va fer l'Oriol.

Però ja era tard. La senyoreta Brúfols es va aixecar el vestit fins al cap, se'l va treure d'una revolada i es va quedar en biquini, que sempre duia posat perquè era una gran nedadora.

–Iupiiiii! –va xisclar–. Que divertit, SOMIAR! –En acabat va arrencar a córrer petant-se de riure i va tancar la porta de cop.

–ES POT SABER QUÈ HI FEU, AQUÍ?!!? –va dir tot seriós en Jordi del Dia Abans–. Avui ens tocava a NOSALTRES de venir a l'escola!

–Se'ns ha acabat la teca, havíem de comprar provisions –va respondre en Jordi–. De manera que hem fet un còmic per vendre'l al pati.

En Jordi del Dia Abans es va acostar a la fotocopiadora i va donar una ullada al còmic nou.

–Quantes còpies n'heu fet? –va preguntar.

–Unes dues-centes –va respondre l'Oriol.

–Deixeu-nos-les a nosaltres –va dir l'Oriol del Dia Abans–. Les vendrem avui, a l'hora del pati, i després de l'escola us en portarem els calés a la cabana.

–D'acord –va dir en Jordi–, però hauríem de...

–HEU DE TOCAR EL DOS, NANOS! –el va tallar en Jordi del Dia Abans–. Si ens enxampa algú més, ens FICAREM TOTS EN UN EMBOLIC DELS GROSSOS!

–D'acord, d'acord –va dir en Jordi.

–ESFUMEU-VOS ARA MATEIX! –va cridar en Jordi del Dia Abans, fet una fúria.

–ENTESOS! –va replicar en Jordi–. OSTRES, NOI!

En Jordi i l'Oriol del Dia Abans van arreplegar els còmics i van fugir pitant del despatx.

–Avui –va dir l'Oriol–, representa que havia de ser un dia per passar-nos-ho bomba, però de moment res de res. Nosaltres mateixos ens fem la guitza.

–Sí –va fer en Jordi–, qui ens hem pensat que som?

–No ens podem donar ordres a nosaltres mateixos –va dir l'Oriol–. Jo no mano de mi.

–Jo tampoc no mano de mi. Faré el que vulgui encara que no ho vulgui fer!

–Aquí no hi ha qui s'hi aclareixi!

24

BROMES BESSONES

En Jordi i l'Oriol van sortir al vestíbul i van posar-se a canviar les lletres d'un tauler d'anuncis.

Al cap d'un moment els van clissar dos profes.

–Ei! –va bramar el senyor Malànima–. Es pot saber què feu, nois?

–La veritat és que no fem res –va replicar en Jordi–. Això és un somni!

Encara els va costar menys de convèncer el senyor Malànima i la senyoreta Cols que

també somiaven: així que van mirar per la finestra de la classe de la senyoreta Sugranyes i van veure en Jordi i l'Oriol del Dia Abans asseguts als seus pupitres, van quedar convençuts a l'acte.

–No hi pot haver DOS Jordis i DOS Oriols! –va exclamar el senyor Malànima–. Per tant, això HA de ser un somni!

–Exacte –va dir l'Oriol–. Pot fer el que vulgui, QUALSEVOL COSA! Però, sobretot, no es tregui pas la roba i comenci a...

–Ui, massa tard.

El senyor Malànima va arrencar a córrer pel vestíbul com si fos boig, tot cantant a plens pulmons Batiscafo Katiuskas. La senyoreta Cols va anar de dret a la sala de professors, en va obrir la nevera d'una revolada i va començar a cruspir-se el dinar de tothom.

–VISCA! –va bramar–. Puc menjar de tot sense engreixar-me!

–Ei! Que aquesta teca és NOSTRA! –va protestar el senyor Quadrat.

–No, no és pas vostra –va exclamar la senyoreta Cols, rient–. Això és un somni! Comproveu-ho vosaltres mateixos!

WAmb la boca plena d'amanida de tonyina i galetes de xocolata, els va acompanyar fins a la finestra de la classe de la Sugranyes.

Allò va dissipar tots els seus dubtes.

En Jordi i l'Oriol van contemplar, esbalaïts com els professors s'anaven trastocant l'un darrere l'altre. El senyor Malànima va entrar una mànega del jardí i va posar-se a ruixar el vestíbul amb aigua espumosa.

–EL TOBOGAN D'AIGUA MÉS GRAN DEL MÓN! –va bramar.

Quan el senyor Grabulós va sortir del lavabo, gairebé tot el personal, inclosos el conserge, les cuineres i la majoria de voluntaris, no paraven de riure pels descosits, es tiraven espuma i lliscaven pel vestíbul, en banyador.

–ES POT SABER QUÈ CARAI PASSA?!!? –va bramar en Grabulós.

–És el somni més impressionant de la història! –va bramar la senyoreta Sotorra.

Va acompanyar el senyor Grabulós a la finestra de la classe de la senyoreta Sugranyes i li va ensenyar la prova. Ara bé, quan el director de l'escola va veure que hi havia DOS Jordis i DOS Oriols, la seva reacció va ser una mica diferent de la dels seus companys. Va provar de parlar. Es va intentar convèncer que somiava. Es va esforçar per dir ALGUNA COSA..., però l'únic que li va sortir va ser «Da-da-daca pe-pep cu-cu-cut va-vam...»

25

DOTZE DIES DE CAOS

La poli no va trigar gaire. Van fer els possibles per restablir l'ordre, però els seus intents van fracassar.

–Això ho podem solucionar de grat o per força! –va cridar l'agent Cagaferro.

–Solucionem-ho amb GRÀCIA! –va exclamar la senyoreta Romaní.

–Tinc una idea –va dir en Jordi.

–Quina? –va preguntar l'Oriol.

–CORREM!

Quan es va acabar tot, tot el personal de l'Escola Primària Jeroni Boqueres era a la garjola.

Els càrrecs contra ells anaven de la resistència a l'autoritat fins al comportament temerari.

La bòfia, però, no tenia gaire clar què havia de fer amb el senyor Grabulós. El cert és que no havia comès cap delicte. Tot just s'havia quedat hores i hores palplantat al mateix lloc, dient «Da-da-daca pe-pep cu-cu-cut va-vam...», una vegada, i una altra i UNA ALTRA.

Així doncs, van decidir que haurien d'internar-lo a la Llar de Mancats de Senderi de la Vall de Vilapolls, on s'hi va estar dues setmanes sense progressar gens ni mica.

En Jordi i l'Oriol i els seus bessons van passar els dotze dies següents anant amb MOLT de compte.

–Genial! –va cridar en Jordi del Dia Abans–. Els nostres profes són a la presó i el senyor Grabulós al manicomi. Aquestes dues setmanes han estat un desastre absolut!

–DUES SETMANES? –va dir l'Oriol, encuriosit.

–Sí –va continuar dient en Jordi del Dia Abans–. Aquestes dues setmanes, nanos, heu...

–Un moment, un moment –el va interrompre l'Oriol–. Que no havia de passar algun DESASTRE, al cap de dues setmanes?

En Jordi, el seu doble i el de l'Oriol van rememorar l'advertiment misteriós que els havia fet en Ramon Tutusaus al capítol 11.

–Ah, sí –van dir a una sola veu.

Tots quatre van mirar al voltant. Van escodrinyar l'horitzó. Van ensumar l'aire. Van arrambar l'orella a terra per veure què sentien. No res. No hi havia indicis de cap catàstrofe imminent.

–Bé! –va fer en Jordi–. Em sembla que al final no passarà res dolent!

De sobte, una mena de meteorit va sorgir de darrere els núvols. Després hi ha haver un retruny eixordador que provocava un esglai indescriptible. Era una riallada. Una riallada horripilant, sinistra i nauseabunda que feia mesos que no sentien. Una riallada que esperaven no sentir mai més.

–Mare meva! –van dir els Jordis.

–Estem ben llestos! –van cridar els Oriols.

26

JA SOC AQUÍÍÍÍÍÍÍÍÍÍ!

El Vàter Turbo 2000 va sobrevolar les teulades amb la seva moto casolana propulsada amb coets, tot proferint riallades ferotges i escampant un deixant de fum pel cel de la tarda.

Tothom cridava. Tothom plorava. Tothom s'amagava.

Tothom, és clar, llevat d'en Jordi, l'Oriol i els seus dobles angoixadíssims.

Els quatre nois van córrer tan de pressa com van poder cap a la Llar de Mancats de Senderi de la Vall de Vilapolls.

Només hi havia una persona capaç de parar els peus a aquella bèstia esgarrifosa, i aquella persona estava tancada al manicomi.

Els quatre nois van entrar com un llamp per la porta principal del sanatori i van començar a lliscar pel terra encerat de poc, fins que va frenar-los el taulell de recepció.

–Hem de veure el senyor Grabulós! –va

cridar en Jordi, gairebé sense alè–. És un pacient seu!

–Ho sento –va replicar la infermera–. Però els nostres pacients no poden rebre visites sense autorització mèdica.

–Però ell podria salvar el món! –va cridar l'Oriol–. És el Capità Calçotets!

–HA, HA –va dir la infermera, sarcàstica–. Escolta, xaval: a hores d'ara tenim NOU pacients que asseguren que són el Capità Calçotets. També tenim quatre Superdones, set Alberts Einstein i un Elvis Presley!

–No podríem parlar-hi, com a mínim? –va demanar l'Oriol del Dia Abans.

–No! –va fer la infermera–. Amb EL REI no hi parla ningú!

–No volem parlar amb L'ELVIS –va replicar en Jordi, empipat–. VOLEM VEURE EL SENYOR GRABULÓS!

–Ah –va fer la infermera–. Ho sento, però no pot ser!

–Casundena! –va cridar l'Oriol del Dia Abans–. El Capità Calçotets està atrapat al manicomi!

–NOSALTRES no podem deixar-lo anar –va dir en Jordi–. Però conec algú que sí. Veniu amb mi!

Frenèticament, els nois van travessar corrents la ciutat.

27

BOJOS PER LES DISFRESSES!

En Jordi va tenir una idea, i per posar-la en pràctica va necessitar l'ajuda de tots.

L'Oriol va arreplegar unes quantes capses de cartró del seu garatge. En Jordi va trobar al seu un esprai de pintura blanca. En Jordi i l'Oriol del Dia Abans van agafar cadascú una barbacoa dels seus respectius jardins.

Amb una mica d'enginy i un munt de cinta aïllant, els quatre nois van construir dues disfresses de Vàter Parlant d'un realisme sorprenent.

En Jordi i l'Oriol es van ficar a les capses i, empenyent les rodes amb els peus, es van

dirigir amb penes i treballs cap a la ciutat. Al cap de no gaire es van trobar cara a cara amb el Vàter Turbo 2000.

–Daixò... Nyam, nyam, tenim fam –va dir en Jordi, obrint i tancant la tapa de la barbacoa a cada síl·laba.

–Sí, exacte, tenim fam, i tal –va dir l'Oriol, fent el mateix amb la seva tapa.

–Ei –va exclamar el Vàter Turbo 2000–. Em pensava que éreu MORTS, nanos!

–No estic BEN mort –va replicar en Jordi–. Tot just tinc una esgarrinxada a la tapa.

–Sí, jo també –va afegir l'Oriol.

–Perfecte! –va dir el Vàter Turbo 2000–. Em podeu ajudar a buscar els dos nanos que em van desbaratar els plans fa uns quants mesos.

–Ehem, d'acord –va fer en Jordi–. Però què me'n dius d'aquell paio de la capa i els calçotets?

–Ja me n'encarregaré més endavant –va respondre el Vàter Turbo 2000–. Abans de res vull enxampar aquell parell de nanos manefles!

–Em sembla que primer hauries de trobar el paio dels calçotets –va suggerir l'Oriol.

–Exacte –va fer en Jordi–. Va dir unes quantes coses molt lletges de tu.

–AH! JA M'HO PENSAVA! –va bramar el Vàter Turbo 2000–. Es pot saber què va dir?!!?

–Ehem... –va fer en Jordi–. Va dir que ets tan grassot que t'has de posar el cinturó amb un bumerang!

–Exacte –va afegir l'Oriol–, i que ets tan ruc que per estalviar t'eixugues el cul amb les dues cares del paper de vàter.

–PROU! –va tronar el Vàter Turbo 2000–. On para?

–Cap allà –va respondre l'Oriol.

28

ALGÚ VA REBENTAR EL NIU DEL CUCUT

El Vàter Turbo 2000 va seguir en Jordi i l'Oriol fins al sanatori. En va travessar la porta principal com si fos de paper i es va dirigir cap a la zona restringida. Les infermeres van posar-se a cridar i van fugir corrents per amagar-se.

En Jordi va agafar ràpidament l'intercomunicador, en va apujar el volum i va començar a fer petar els dits davant del micròfon.

El petament de dits va ressonar pels passadissos de la Llar de Mancats de Senderi de la Vall de Vilapolls, mentre el Vàter Turbo 2000 passava d'una sala a l'altra ensorrant-ne les parets. El senyor Grabulós, mig estabornit des de feia gairebé dues setmanes, va començar a transformar-se de mica en mica. De primer, un espurneig entremaliat li va il·luminar els ulls. Tot seguit, a la cara se li va dibuixar un somriure descomunal. De cop i volta es va arrencar la camisa de força, es va treure el pijama d'una revolada i va agafar la cortina d'una finestra que tenia a la vora.

El Capità Calçotets havia tornat, i el combat del segle estava a punt de començar.

29

CAPÍTOL DE VIOLÈNCIA EXTREMA SEGONA PART (EN CINE-A-MÀ®)

CINE-A-MÀ 4

(pàgines 183 i 185)

Moveu només la pàgina 183.
Mentre ho feu, procureu
veure el dibuix de la pàgina 183
i, alhora, el de la pàgina 185.
Si ho feu de pressa, els dos dibuixos
semblaran una sola imatge en moviment.

No us oblideu d'afegir-hi
els vostres efectes sonors!!

AQUÍ MÀ ESQUER

SENSE PIETAT!

BEN XAFAT!

AQUÍ
POLZE
DRET

AQUÍ
ÍNDEX
DRET

SENSE PIETAT!

BEN XAFAT!

CINE-A-MÀ 5

(pàgines 187 i 189)

Moveu només la pàgina 187.
Mentre ho feu, procureu veure
el dibuix de la pàgina 187 i,
alhora, el de la pàgina 189.
Si ho feu de pressa, els dos dibuixos
semblaran una sola imatge en moviment.

No us oblideu d'afegir-hi
els vostres efectes sonors!

HIP, HIP,

SURRA!

AQUÍ
POLZE
DRET

AQUÍ
ÍNDEX
DRET

HIP, HIP,

SURRA!

CINE-A-MÀ 6

(pàgines 191 i 193)

Moveu només la pàgina 191.
Mentre ho feu, procureu veure
el dibuix de la pàgina 191 i, alhora,
el de la pàgina 193. Si ho feu
de pressa, els dos dibuixos semblaran
una sola imatge en moviment.

No us oblideu d'afegir-hi
els vostres efectes sonors!

AQUÍ MÀ ESQUER

EL CUL ET COU?

JA N'HI HA PROU!

AQUÍ
POLZE
DRET

AQUÍ
ÍNDEX
DRET

EL CUL ET COU?

JA N'HI HA PROU!

30

LES LLÀGRIMES D'UNA COMUNA

–A VEURE si et serveix de lliçó –va dir tot galant el Capità Calçotets, mentre el Vàter Turbo plorava desconsoladament.

–Ostres –va dir en Jordi–, m'alegro que s'hagi acabat tot!

–I tant –va afegir l'Oriol–. Al final ha estat més fàcil del que em pensava.

En aquell mateix moment, una llàgrima dels ulls tremolosos del Vàter Turbo 2000 va solcar l'aire i va anar a parar a la cara del Capità Calçotets. XAP! De sobte, l'expressió del nostre heroi va començar a transformar-se. L'espurneig li va desaparèixer dels ulls, la seva postura va perdre tota la gallardia i el seu somriure babau es va convertir en una ganyota.

–Es pot saber què carai passa?!!? –va bramar el senyor Grabulós.

–Mare meva –va dir l'Oriol.

El senyor Grabulós es va girar i va veure el descomunal Vàter Turbo 2000 ploriquejant al seu darrere.

–AUUUUUG! –va xisclar el director, esgarrifat–. ÉS UN MONSTRE!!! –I va fugir corrents, bramant com un esperitat.

El Vàter Turbo 2000 no tenia clar què passava, però va decidir empaitar el senyor Grabulós, per si de cas. Al cap d'un moment, la comuna gegantina va acorralar el senyor Grabulós i el va alçar de terra engrapant-lo amb el seu puny robòtic invencible.

–Em rendeixo! –va cridar en Grabulós–. Em rendeixo! No em facis mal, si us plau!

–Caram –va dir el Vàter Turbo 2000–. Al final ha estat molt més fàcil del que em pensava! Ara només haig de trobar aquell parell de nanos repel·lents!

El senyor Grabulós es va animar una mica.

–Daixò... Quin parell de nanos repel·lents? –va preguntar.

–L'un porta corbata i els cabells rapadets –va respondre el Vàter Turbo–. L'altre porta samarreta i té el cap d'escarola!

–Si jo els conec, aquests nanos! –va exclamar el senyor Grabulós tot exaltat–. Fins i tot sé on viuen!

–De debò? –va dir el Vàter Turbo 2000–. Què esperem, doncs? Au, vinga, camarades comunes. Estic a punt de dur a terme la meva bàrbara venjança!

El senyor Grabulós li va indicar el camí, i el Vàter Turbo 2000 es va dirigir a grans gambades cap a les cases d'en Jordi i l'Oriol.

–Mare meva! –va dir en Jordi.

–Ja tornem a estar ben llestos –va afegir l'Oriol.

31

LA REVENJANÇA

EL VÀTER TURBO 2000 es dirigia a grans gambades cap a les cases d'en Jordi i l'Oriol, tot ensorrant edificis al seu pas, bolcant cotxes i deixant un rastre fumejant de destrucció. En Jordi i l'Oriol maldaven per no quedar ressagats, però el monstre els portava molt d'avantatge.

–NO pot ser! –va exclamar l'Oriol–. Va cap a casa nostra, i no hi ha manera d'avisar-nos!

No tenia importància, però, ja que en Jordi i l'Oriol del Dia Abans havien sentit com s'acostava el Vàter Turbo 2000 des de molts quilòmetres de distància.

–Em sembla que ens busca a nosaltres! –va cridar en Jordi del Dia Abans.

–Però com ha pogut saber on érem? –va preguntar l'Oriol del Dia Abans.

–Gira a mà esquerra al carrer de la Vinya –va dir el senyor Grabulós–. És on viuen

aquells nanos. No sé què m'hi jugo que es deuen amagar en aquella cabana seva de l'arbre!

En Jordi i l'Oriol del Dia Abans van veure com el Vàter Turbo 2000 es dirigia cap al seu jardí. Sentien com tremolava la terra a cada pas dels seus peus metàl·lics descomunals. En Jordi del Dia Abans va tancar amb clau la porta de la cabana. L'Oriol del Dia Abans es va amagar sota la taula.

–D'acord –va dir el senyor Grabulós–. Ja t'he dut a casa dels nois que buscaves. Me'n puc anar, ara?

–I tant –va dir el monstre de porcellana–. Te'n pots anar VÀTER AVALL! –Es va ficar a la boca el director i va estirar la palanca del dipòsit. El director va fer un esgarip d'espant, mentre giravoltava xuclat per un remolí de saliva. En acabat, el Vàter Turbo 2000 va fer un cop de coll i el senyor Grabulós va desaparèixer vàter endins enmig d'un gluc, gluc, gluc d'aigua turbulenta.

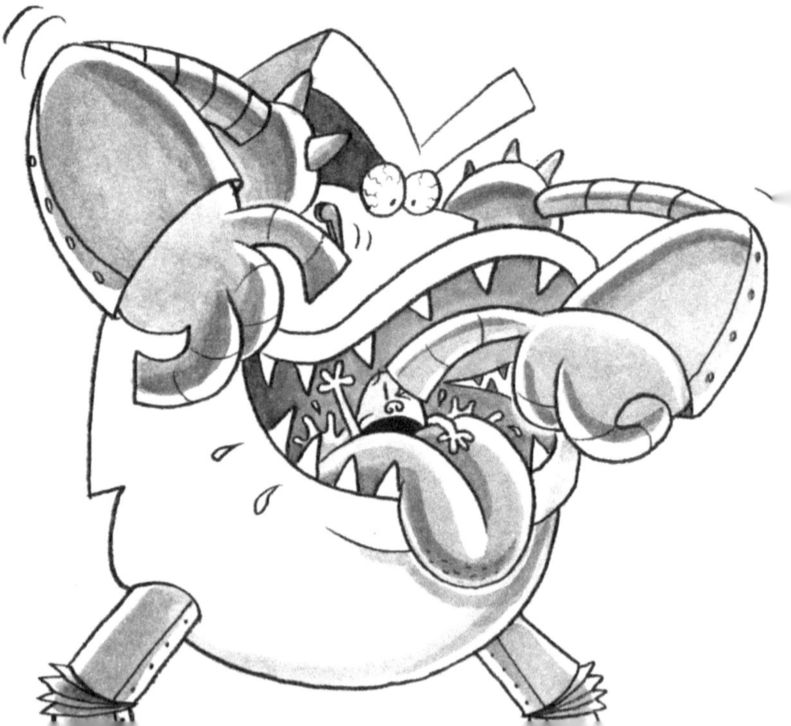

El Vàter Turbo 2000 va començar a envestir l'arbre amb l'espatlla de ferro gegantina.

En Jordi i l'Oriol del Dia Abans van sortir volant. La llibreria es va tombar, els còmics es van escampar en totes direccions i els ous de la Galetes van trontollar, si caic no caic.

–BAIXEU D'AQUÍ DALT, PARELL DE MANEFLES! –va bramar el Vàter Turbo 2000, mentre tornava a envestir l'arbre. En Jordi i l'Oriol del Dia Abans van sortir volant un altre cop. Els tres ous van trontollar encara més, a la vora de la taula.

–US AVISO!!! –va cridar el Vàter Turbo 2000–. SI US RENDIU NO US FARÉ PATIR! –Va escometre l'arbre per tercera vegada. Aquest cop, la finestra va saltar a miques, la tele es va tombar i els ous de la Galetes van caure de la taula.

En Jordi i l'Oriol del Dia Abans van saltar per entomar-los.

–AIIIIII! –va bramar l'Oriol del Dia Abans, mentre els tres ous amb taques carabasses i liles solcaven l'aire i anaven a petar a terra amb un gran terrabastall.

32

SORPRESA, SORPRESA, SORPRESA!

Mentre la cabana de l'arbre es balancejava violentament, en Jordi i l'Oriol del Dia Abans van furgar, frenètics, entre els trossos de closca escampats per terra. De sobte, l'Oriol del Dia Abans va palpar alguna cosa calenta i peluda. Amb molt de compte la va treure d'entre les restes.

Era un..., era una..., no sabia ben bé QUÈ era, allò.

–Es pot saber què carai és, això? –va exclamar, mentre la bestioleta peluda l'abraçava amb les ales i aixecava els ulls per dirigir-li una mirada amorosa.

En Jordi del Dia Abans va extreure d'entre els trossos de closca dues bestioles alades més i se les va quedar mirant amb incredulitat.

–Això..., NO POT SER! –va exclamar.

La cabana de l'arbre es va sacsejar amb violència, i en Jordi i l'Oriol del Dia Abans van sortir volant un altre cop. Les tres bestioletes se'ls van enfilar a la cara, fent contorsions, i van començar a llepar-los les galtes.

El Vàter Turbo 2000 va grimpar pel tronc i va arrencar de soca-rel la porta de la cabana. Després va allargar el braç i va aferrar els dos nois amb la grapa metàl·lica.

–JA US TINC! –va rugir el grotesc rapinyaire de porcellana, sacsejant-los furiosament. Les tres bestioles peludes van caure a terra, però de seguida es van aixecar i van posar-se a moure les ales totes esvalotades. No tenien gaire clar què passava, però semblava força divertit.

El Vàter Turbo 2000 va saltar de la cabana estrenyent fort els dos nois.

–Per fi podré venjar els meus aliats caiguts en combat i OCUPAR EL MEU LLOC com a AMO I SENYOR DE LA TERRA! –va tronar.

Les tres bestioletes van volar cap a en Jordi i l'Oriol del Dia Abans, remenant les cuetes alegrement, però quan van veure la cara d'espant que feien, van adonar-se que allò no era cap joc.

En un batre d'ulls i d'ales, les tres bestioles van entrar en acció i van començar a donar voltes, com si fossin mosquits, al voltant del Vàter Turbo 2000. En acabat, es van anar llançant contra ell per torns i clavant-li queixalades amb les boques biòniques.

–AI! UI! –cridava el Vàter Turbo, donant manotades frenètiques a les bestioles que se li abraonaven en picat–. Es pot saber què caram SÓN aquests animalots?

Una altra se li va tirar al damunt i li va clavar una mossegada al braç, que li va fer saltar un cargol d'acer.

–EI! PAREU D'UNA VEGADA! –va cridar el monstre, impotent, deixant anar els nois mentre manotejava amb totes les seves forces per espantar les bestioles.

Els tres volàtils estranyots van agafar per la tapa i les espatlles el Vàter Turbo 2000 i el van aixecar enlaire. Movent les ales tan de pressa com podien, es van endur ben amunt la pèrfida comuna.

LA GIBRELLETA
ÉS MEVA, I VOLARÀ
SI VULL!

AQUÍ
POLZE
DRET

AQUÍ
ÍNDEX
DRET

LA GIBRELLETA

ÉS MEVA, I VOLARÀ

SI VULL!

Al cap d'un moment, eren a gairebé un kilòmetre d'alçada.

–DEIXEU-ME ANAR! DEIXEU-ME ANAR! –rugia el Vàter Turbo, mort de por. No va triar prou bé les paraules, ja que és

justament això el que van fer les tres bestioles peludes.

Tot d'una van deixar anar el gegantot robòtic, que va caure en picat i va començar a travessar els núvols, entre xiscles de terror i giravoltes cada vegada més ràpides i descontrolades.

33

RESUM D'UNA HISTÒRIA MOLT LLARGA

34

BEN TORNAT, SENYOR GRABULÓS

El Vàter Turbo 2000 s'havia estavellat contra un aparcament buit i havia explotat, produint una ona expansiva que va trencar els vidres de gairebé totes les finestres de la ciutat.

Quan per fi es va aclarir la fumera, el senyor Grabulós va aparèixer assegut al centre del punt de l'impacte, envoltat de ferralla i de trossos de porcellana. Tenint en compte la devastació general, costava de creure que el senyor Grabulós n'hagués sortit il·lès. Els seus superpoders l'havien protegit.

Al cap de no gaire van arribar dos polis a l'escenari dels fets.

–Esteu bé, mestre? –li van preguntar.

–Suposo que sí –va respondre en Grabulós–. Això deu ser un malson d'aquells que tinc contínuament!

–FABULÓS! –va dir l'agent Cagaferro–. Em sembla que tenim un altre professor despullat que també es pensa que SOMIA!

–A la garjola amb els altres –va dir el cap de policia.

35

HAMSTERDÀCTILS

En Jordi i l'Oriol van aconseguir arribar a casa al moment que les tres bestioles peludes tornaven volant a la cabana de l'arbre. Els seus dobles del dia abans els van posar al corrent de tot, i els van explicar que aquells animalons peluts i estranys, sorgits dels ous de la Galetes, havien salvat la Terra de la destrucció absoluta.

–Em podries aclarir què SÓN, aquestes bestioles? –va preguntar en Jordi.

–Tenen pinta de ser un encreuament d'hàmster i pterodàctil –va respondre l'Oriol.

–Ecs! –va fer en Jordi–. Això vol dir que en Sulu i la Galetes van fer... ECSSSSSS!

–No té ni solta ni volta, això –va replicar l'Oriol–. Com vols que s'acoblin un mamífer i un rèptil?

–EEEEECSSSS! –va tornar a fer en Jordi.

–És a dir, si no és que l'ADN del Sulu no va patir una mutació quan es va fusionar amb l'endoesquelet biònic aquell –va suggerir l'Oriol.

–EEEEECSSSSSS! –va fer en Jordi per tercera vegada.

–Suposo que un mamífer amb gens mutants PODRIA ser capaç de reproduir-se, si s'acoblés amb un rèptil prehistòric –va especular l'Oriol.

–He dit EEEEEECSSSSSS tres vegades seguides!! No m'has sentit?!!? Vols que t'ho repeteixi?!!? –va bramar en Jordi.

–Mana? –va fer l'Oriol.

Al cap d'una estona, els quatre amics i les seves tres bestioles noves tornaven a ser a la cabana de l'arbre. Entre tots van endreçar el desordre. En acabat, els dos Oriols van fer tres jaços amb capses de sabates per a les cries

d'hamsterdàctil, mentre els dos Jordis pensaven quins noms els podrien posar.

–A la femella diguem-li Alba –va proposar en Jordi.

–I els dos mascles què? –va preguntar l'Oriol del Dia Abans.

–Orland i Toni –va suggerir en Jordi del Dia Abans.

L'Oriol va apuntar els noms als seus jaços respectius, però encara feia cara d'estar capficat.

–ENCARA proves d'esbrinar d'on han sortit aquestes tres bestioles mig pterodàctil, mig hàmster biònic? –va preguntar en Jordi.

–Sí, més o menys –va respondre l'Oriol.

–No rumiïs tant –va replicar en Jordi–. Saps què? Que si dones massa voltes a qualsevol obra literària, al final veuràs que no s'aguanta dreta. Què et penses que és, això, SHAKESPEARE?!!?

–Suposo que tens raó –va admetre l'Oriol.

–I tant que tinc raó –va dir en Jordi–. Accepta-ho i ja està, home!

36

TOT VA BÉ SI ACABA FATAL

–He de reconèixer que aquest final m'ha deixat ben satisfet –va dir l'Oriol del Dia Abans, mentre ficava al llit el Toni, l'Orland i l'Alba.

–SATISFET? Què t'empatolles? –va protestar en Jordi–. La ciutat està destrossada, els nostres profes són a la presó, ara som QUATRE i tenim tres bestioles mutants que ens han pres per la seva MARE!

–I tant, i tant –va admetre l'Oriol del Dia

Abans–. Em sembla que en aquest relat hi ha un munt de caps per lligar.

–Casundena –va fer l'Oriol–. Això només pot significar una cosa!

–Què? –va preguntar en Jordi del Dia Abans.

Que s'acosta una altra SEQÜELA!!! –va exclamar l'Oriol.

–MARE MEVA! –van gemegar els Jordis del Dia Abans.

–Ja hi tornem a ser!!! –van grinyolar els Oriols del Dia Abans.

NO US PERDEU
LA PRÒXIMA AVENTURA
DEL CAPITÀ CALÇOTETS